PAT MILLS ★ CLINT LANGLEY

SLÁINE

GESTE DES INVASIONS

VOLUME 1

Scénario :
PAT MILLS

Dessin :
CLINT LANGLEY

Sláine est à l'origine une création de :
PAT MILLS et ANGIE KINCAID

Couverture :
CLINT LANGLEY

SLÁINE : GESTE DES INVASIONS Vol.1
Première publication dans le magazine 2000AD, Progs 2003, 1322-1326, 1350-1355

Nickel Productions 8, allée du Loing 91170 Viry-Châtillon

Conception graphique : Clint Langley
Traduction : Jacques Collin
ISBN : 978-2-9144-2027-3
Dépôt légal : mai 2010
Imprimé en France

DÉDICACES :

Clint Langley :
Pour Bernd et Berti

Pat Mills :
Pour John Hicklenton

L'ALBION
NOUS NE LE RETROUVERONS JAMAIS, TU SAIS...
IL LE FAUT, **UKKO**. IL EST LÀ, DANS CES TERRES INFESTÉES DE DÉMONS.
NOUS LE DÉBUSQUERONS PEUT-ÊTRE DANS LA **NUÉE** DE LA **NOUVELLE TROIE**...
ALORS IL **PAIERA**.
IL PAIERA **MILLE** FOIS...
...POUR CE QU'IL LUI A FAIT.
EH ! DE QUEL PAYS ES-TU, ÉTRANGER ?
À SON TORQUE, JE DIRAIS QUE C'EST UN **IRLANDAIS**...
NON... IL N'EST PAS IRLANDAIS...
LES IRLANDAIS SE RASENT TOUJOURS LA NUQUE...
...POUR QU'ON NE LES ATTRAPE PAS PAR LES CHEVEUX QUAND ILS S'ENFUIENT !

C'EST PEUT-ÊTRE UN IRLANDAIS STUPIDE ?
IL N'Y EN A PAS D'AUTRES !
JE N'AI MALHEUREUSEMENT PAS LE TEMPS DE VOUS FAIRE RAVALER VOS PAROLES...
BOUSE DE BOEUF ! TU N'ES SURTOUT PAS DE TAILLE !
SORTONS D'ICI, UKKO...
PAR SOTH ! MOI QUI ESPÉRAIS M'ACCOINTER AVEC LA SERVEUSE !
ALORS COMME ÇA, TU VEUX T'ENFUIR ? IL AURAIT D'ABORD FALLU TE RASER LA NUQUE !
FOMORS ! VOUS NE POURRIEZ PAS RETOURNER TOUT SEULS AU CLOAQUE DONT VOUS AVEZ JAILLI ?
SON DERNIER SOUFFLE EST POUR MOI !
VOYONS JUSQU'À QUEL POINT L'ARDEUR DE VOS ÉPÉES SE MESURE À CELLE DE VOS LANGUES !
SLÁINE

TON AMI SERAIT-IL FOU ? IL S'ATTAQUE À **QUINZE** DÉMONS DES MERS !
CELA NE LUI PARAÎT POINT EXCESSIF !
QUI EST-CE ?
SON NOM EST **SLÁINE MAC ROTH**...
IL FUT ROI SOUVERAIN D'IRLANDE.
COMMENT A-T-IL PERDU SON TRÔNE ? QUE S'EST-IL PASSÉ ?
NOTRE PAYS FUT PAREILLEMENT ENVAHI PAR CES DÉMONS DES MERS...
LEUR SOUVERAIN, **BALOR AU MALOEIL**, Y ASSIGNA UN NOUVEAU COMMANDANT, UN SEIGNEUR OPHIDIEN DU NOM DE **MOLOCH AUX MAINTES ÉPÉES**. CELUI-CI ALLAIT CAUSER UN GRAND MALHEUR À **SLÁINE**...

L'IRLANDE,
UN AN PLUS TÔT.
L'HEURE EST VENUE
DE REPRENDRE POSSESSION
DE NOTRE MONDE,
BALOR.
MOLOCH

JAMAIS N'AVAIT PRIS PIED EN TERRE D'IRLANDE ARMÉE AUSSI TERRIBLE ET EFFROYABLE QUE CES ABOMINATIONS ! ILS REVENDIQUÈRENT LES DEUX TIERS DES ENFANTS, DU BLÉ ET DU LAIT !
FUREUR ET AFFLICTION EMPLIRENT LES HOMMES D'IRLANDE, DE PAR L'AMPLEUR DE LA SERVITUDE EXIGÉE...
MIEUX VAUT MOURIR EN DÉFENDANT LA MÈRE PATRIE QU'ENDURER LEUR DOMINATION ET PAYER TEL TRIBUT !
EN RAISON DE L'IMPORTANCE DE SLÁINE, SES TRIBUS AVAIENT PRIS LA RÉSOLUTION DE NE POINT LE LAISSER COMBATTRE. LES NEUF PLUS PUISSANTS DE SES CHEVALIERS LE GARDAIENT ENCHAÎNÉ.
MON DEVOIR EST DE DÉTRUIRE LES FOMORS !
MA MAIN DROITE DEVRAIT BAIGNER DANS LEUR SANG !
TU ES L'ÉPOUX DE LA DÉESSE ! NOUS N'OSONS TE LAISSER TE JETER DANS LA BATAILLE !
MAIS LES TRIBUS DE LA DÉESSE TERRE AVAIENT NÉANMOINS POUR ELLES LEURS ARMES MAGIQUES.
LA LANCE SOLAIRE, DONT LE FER ÉTAIT IMBIBÉ DE SUBSTANCES STUPÉFIANTES QUI LA JUGULAIENT.
ASSOIFFÉE DE SANG, ELLE NE LAISSAIT JAMAIS UNE GOUTTE DE VIE AUX CHAIRS QU'ELLE TRANSPERÇAIT.

L'ÉPÉE LUNAIRE, BRANDIE PAR L'ÉPOUSE TEMPORELLE DE SLÁINE, LA REINE NIAMH.
C'ÉTAIT UNE ARME AU FIL EXTRAORDINAIRE. UN SEUL COUP SUFFISAIT À TAILLER ET POURFENDRE L'ENNEMI.
QUE MON ÉPÉE NE SOIT PARTOUT QUE CARNAGE ET DÉVASTATION !
ET LE CHAUDRON DU SANG, QUI AVAIT LE POUVOIR DE RANIMER LES MORTS...
...TANT QUE N'AVAIENT ÉTÉ TRANCHÉES NI LEUR TÊTE, NI LEUR ÉPINE DORSALE, NI LA MEMBRANE DE LEUR CERVEAU.
INCAPABLES DE PARLER, ILS BRÛLAIENT DE RETOURNER À LA BATAILLE, DEVENUE UNE MÊLÉE SANGLANTE, ATROCE ET OBSCÈNE.
QUELLE EST LA SITUATION, UKKO ?

ELLE N'EST PAS BONNE, SLÁINE ! LES DEUX CAMPS S'ÉCHARPENT, SE DÉCHIQUETTENT ET SE MUTILENT LES VAPEURS DE LEURS BLESSURES FORMENT UNE BRUME EN SUSPENS DANS LES AIRS !
MAIS PLUS ABONDANTE EST LA NUÉE SANGLANTE ARRACHÉE AUX PEAUX BLANCHES DE NOS JEUNES HÉROS PAR LES ARMES DES DÉMONS DES MERS !
C'EST LÀ UNE RÉPONSE BIEN AMÈRE.
PAR SOTH ! L'UN DES DÉMONS A MOULT D'ÉPÉES !
IL COMBAT SANS CLÉMENTE COMPASSION !
IL ABANDONNE SES ARMES DANS LES CORPS DE SES VICTIMES !
SA TROISIÈME ÉPÉE TRAVERSE NON PAS UN MEMBRE, MAIS UN CORPS ENTIER !
SA QUATRIÈME ÉPÉE SE BRISE SOUS LA SEULE FÉROCITÉ DE SON COUP !

NON !
SI JEUNE POUR MOURIR...
TELLEMENT JEUNE...
ET SI BEAU.
MERCI.

MAIS IL Y A PIRE, **SLÁINE**...
BALOR OUVRE SON OEIL !
DE SON ABJECT REGARD DISTORDU AU RAYON DE FEU ENFIELLÉ, IL ÉTRILLE TOUS CEUX QUI S'ATTAQUENT À LUI...
L'AFFRONTER EST COMME FRAPPER DE LA TÊTE LA FALAISE, DE LA MAIN LE NID DU SERPENT, DU PIED LE BRASIER...
NOS GUERRIERS S'ENFUIENT !
LES REJETONS DES DÉMONS... « **CEUX QUI ONT ÉTÉ MÊLÉS** »... LES POURSUIVENT !
NOS FEMMES LES ACCUEILLENT COMME DES ENNEMIS, EXÉCUTENT SANS DISTINCTION LEURS PROPRES PÈRES, FRÈRES ET ÉPOUX !
LÂCHES ! VOUS NOUS ABANDONNEZ AUX GRIFFES DES DEMI-HUMAINS !

CERTAINS DE CES DEMI-HUMAINS SONT DIFFORMES, BESTIAUX. ILS RASSEMBLENT LES FEMMES EN LÉCHANT LES LARMES SUR LEURS VISAGES, OU EN LES COLLECTANT DANS DES FIOLES...
... TOUT EN LES VIOLANT IMPITOYABLEMENT !
MAINTENANT ILS S'EMPARENT DES ENFANTS ! ILS LES PASSENT AU FIL DE L'ÉPÉE ! ILS RIENT DE LEURS CRIS ! ILS BOIVENT LEUR SANG, ET... PAR SOTH ! NON !!
SNAP!
SIRE ! NON !!
JE VAIS BAIGNER MA HACHE DANS LEUR SANG !
JE VAIS LUI DONNER LA COULEUR DE LA MORT ET L'ODEUR DU CARNAGE !

LÂCHE-MOI ! LAISSE-MOI PARTIR !
PLEURE !
JE VEUX BOIRE TA PEUR !
LA PEUR DES ENFANTS EST TELLEMENT... DOUCE !
ALLEZ, PETIT... METS-Y TOUS TES YEUX !
TU VEUX DE LA PEINE, DÉMON ?
JE VAIS T'EN DONNER, MAIS SANS POLLUER MA HACHE AVEC TON SANG !

CRÈVE, TROU DE BALLE !
AIDE-MOI, SLÁINE, JE TOMBE !
AGRIPPE-TOI À MOI !
AILLEURS...
hhhhhh...
AH ! C'ÉTAIT LA MEILLEURE TERREUR DE LA JOURNÉE !
OUAIS, UNE TRÈS BONNE HURLEUSE !
ÇA M'A OUVERT L'APPÉTIT ! MANGEONS SON MARI !
IL A ENCORE UN PEU DE SUEUR. LAISSE-MOI LE LÉCHER D'ABORD.
ET MOI JE VEUX SUCER SON ÂME !
UN DÉLICE ! SA SUEUR A LE GOÛT DE SA PANIQUE !

ESSAIE DONC LE GOÛT DU CHÂTIMENT !
VOUS ALLEZ PAYER POUR VOS CRIMES, ET AVEC LES ARRIÉRÉS !
ILS... ILS...
TIENS... COUVRE-TOI. C'EST FINI, MAINTENANT.

AILLEURS...
JE VAIS TORDRE LE COU DE CET HUMAIN !
LUI ARRACHER SON DERNIER SOUFFLE.
PAS MAL.
PRENDS-EN UN...
AVEC PLAISIR, MERCI.
SUCCULENT...
JE CROIS QUE NOUS AVONS MATÉ LA RÉBELLION...
OUI. IL ÉTAIT NÉCESSAIRE DE SOUMETTRE LEUR VOLONTÉ. ILS AVAIENT OUBLIÉ QU'ILS SONT NOS ESCLAVES...

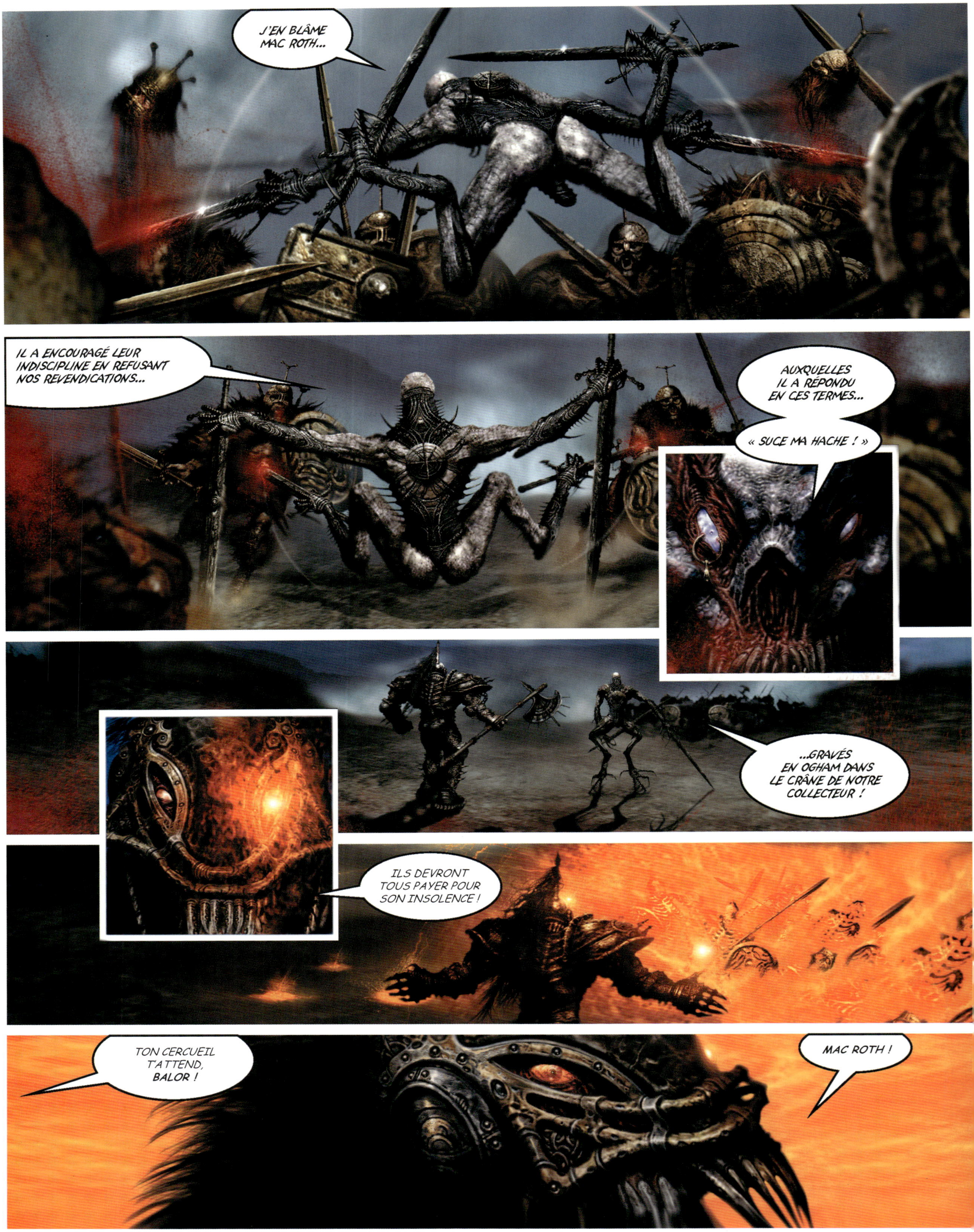
J'EN BLÂME MAC ROTH...
IL A ENCOURAGÉ LEUR INDISCIPLINE EN REFUSANT NOS REVENDICATIONS...
AUXQUELLES IL A RÉPONDU EN CES TERMES...
« SUCE MA HACHE ! »
...GRAVÉS EN OGHAM DANS LE CRÂNE DE NOTRE COLLECTEUR !
ILS DEVRONT TOUS PAYER POUR SON INSOLENCE !
TON CERCUEIL T'ATTEND, BALOR !
MAC ROTH !

JE VAIS T'AMENER À TA DERNIÈRE DEMEURE !
ALORS METS TON LINCEUL ET PRÉPARE-TOI À MOURIR !

TU VAS MOURIR SEUL, **BALOR**, SANS PERSONNE POUR EMPORTER TON DERNIER SOUFFLE !
JE VAIS APAISER MES CHAIRS MEURTRIES DANS LE MIEL DE LA VENGEANCE !
DANS UNE RIVIÈRE DE TON SANG, **MAC ROTH** !
JE VAIS DÉVORER TES ENTRAILLES PENDANT QUE TU RESPIRES ENCORE !

IL A CALCINÉ MON BOUCLIER...
MAIS JE PEUX ENCORE M'EN SERVIR DE DAGUE...
L'ENFONCER DANS SON OEIL !
ENCORE ET ENCORE !
L'ARRACHER ENFIN...
ANIMAL !
TU AS OSÉ PROFANER TON **DIEU** !
IL Y A DANS MON MONDE DES GEÔLES FAITES POUR LES HUMAINS DE TON GENRE !
ON Y FÉCONDE DES HUMAINES AVEC LA SEMENCE DE CRÉATURES...
UUUGGGH !
...QUI SE RONGENT UN CHEMIN HORS DE LA MATRICE POUR ÉCLORE !
JE TE PROMETS, **MAC ROTH**... TES HURLEMENTS SERONT PLUS STRIDENTS QUE CEUX DE CES FEMMES !

ET PLUS STRIDENTS QUE LES TIENS, **BALOR** ?
TON CHÂTIMENT NE PEUT PLUS ATTENDRE !
JE VAIS T'ÉCORCHER VIF !
TE PELER COMME UN OIGNON !
NE TE DÉBATS PAS... JE VEUX TA PEAU INTACTE...
POUR POUVOIR LA PORTER LORS DE MA PARADE !
VERMINE !
TU AS ARRACHÉ LE COEUR DE MON PEUPLE...
MAINTENANT...
C'EST MON TOUR !
REGARDE-LE DANS TON AGONIE...

VOICI LE COEUR DE **BALOR AU MALOEIL** ! LE ROI SOUVERAIN DES DÉMONS DES MERS N'EST PLUS !
MAINTENANT, FAISONS LA MÊME CHOSE À SA HARDE ! **L'IRLANDE** DOIT SE LIBÉRER DU PEUPLE OPHIDIEN !
SLÁINE !
SLÁINE !
SLÁINE !

EMPÊCHEZ-LES D'ATTEINDRE LE PORTAIL DE LEUR PROPRE DENSITÉ ! NE LES LAISSEZ PAS FUIR VERS LEURS PALAIS SOUS-MARINS !
N'EN ÉPARGNEZ AUCUN !
MORT AUX FOMORS !

DÈS LORS, LA BATAILLE TOURNA À LA DÉROUTE. VINGT MILLE REPTILES - UN ESSAIM ENTIER - PÉRIRENT EN CE JOUR. POUR SLÁINE, CE N'ÉTAIT PAS ASSEZ !

L'ALBION
VOUS AVEZ EU DE LA CHANCE DE LES REPOUSSER. ILS TIENNENT PRESQUE TOUTE L'ALBION. ET LA NOUVELLE TROIE EST LEUR CAPITALE TERRESTRE.
C'EST CE QUI SE DIT. ET LA RAISON DE NOTRE PRÉSENCE ICI.
MAIS SI SLÁINE A GAGNÉ, POURQUOI EST-IL AUSSI MALHEUREUX ?
À CAUSE DE CE QUI S'EN EST ENSUIVI.
À CAUSE DE MOLOCH...
APRÈS LA BATAILLE FURENT RASSEMBLÉES LES CARCASSES DES PLUS IMMONDES DES DÉMONS DES MERS. LES FORMES LES PLUS DIVERSES DE DEMI-HUMAINS ET DE REPTILES, FORMANT UN SPECTACLE EXTRAORDINAIRE.
SLÁINE ORDONNA QUE CES CRÉATURES FUSSENT EMPILÉES ET BRÛLÉES EN UN GRAND FEU, AFIN D'ÉVITER QUE LEUR PUTRÉFACTION NE DÉGAGEÂT DES EXHALAISONS DE PESTILENCE QUI EUSSENT AFFECTÉ QUICONQUE EN LEUR PROXIMITÉ DES MIASMES DE LA CORRUPTION...
CE BÛCHER ME FAIT CHAUD AU COEUR, SLÁINE.
À MOI AUSSI, NIAMH.
LES CHEVALIERS DE SLÁINE FURENT EXAMINÉS AFIN DE CONSTATER L'EMPLACEMENT DE LEURS BLESSURES. CEUX QUI AVAIENT DES LANCES OU DES FLÈCHES DANS LE DOS ÉTAIENT DÉSIGNÉS AU BROCARD ET À L'OPPROBRE.
VIENS... ALLONS NAGER ! J'AI ENVIE QUE LA MER SOIT DE NOUVEAU UN PLAISIR.
OUI...

QU'EST-CE QUI NE VA PAS, SLÁINE ?
JE SUIS LAS DES RESTRICTIONS QUE LE CONSEIL TRIBAL M'IMPOSE. LA FAÇON DONT ILS ONT ESSAYÉ DE M'EMPÊCHER DE ME BATTRE...
SANS TOI, JE CROIS QUE JE REDEVIENDRAIS UN AVENTURIER, QUE JE PARTIRAIS JUSTE... AILLEURS.
JE NE VOUDRAIS PAS TE RETENIR...
CE N'EST PAS LE CAS. JE PRÉFÈRE ENCORE LA CROUPE DE MA FEMME À CELLE D'UN CHEVAL...
MERCI.
ENFIN, JE CROIS.
SLÁINE ! LÀ-BAS !
LE SEIGNEUR OPHIDIEN AUX MAINTES ÉPÉES ! IL EST TOUJOURS EN VIE !
IL SUCE LES ÂMES DES SIENS ! IL BOIT LEURS DERNIERS SOUFFLES !
J'AI TOUJOURS ESPÉRÉ ÊTRE ABSORBÉ PAR UN BLANC ALBINOS !
PRENDS-MOI, MOLOCH !
OUIIIIIII...
TON HEURE EST VENUE, REPTILE.
BALOR ET MOI MANGIONS AU MÊME BOL. IL EST LÉGITIME QUE JE LE VENGE.

SOIS HONORÉ D'ÊTRE TUÉ PAR MOI, HUMAIN. CAR JE SUIS MOLOCH, UN SEIGNEUR DE MON PEUPLE.
MOI SEUL PUIS PORTER L'ANNEAU OCULAIRE DE LA LARME D'OR.
ET MAINTENANT JE VAIS TE TRANSPERCER !
AS-TU DES DERNIÈRES PAROLES, UNE PITOYABLE SUPPLIQUE AVANT QUE JE NE METTE FIN À TON EXISTENCE ?
OUI ! RETOURNE DANS LES BALLOCHES QUI T'ONT EXCRÉTÉ, POLLUTION NOCTURNE !

PAS MAUVAIS.
ENCORE !
J'AI ENTENDU PARLER DE TOI, MOLOCH. DES ENFANTS QUI TE SONT SACRIFIÉS EN ALBION POUR LES RITES DE LA TRANSITION...
DE LA FAÇON DONT ON LES JETTE VIVANTS DANS UNE FOURNAISE !
ÉVIDEMMENT. POUR LES PURIFIER.

MONSTRE !
POURQUOI ? PARCE QUE NOUS DÉLIVRONS DES ENFANTS DES AFFRES DE LEUR EXISTENCE ?
N'EST-CE PAS DE LA COMPASSION ?
ET LEURS PIAILLEMENTS ONT TELLEMENT BON GOÛT !
DONC... AS-TU DES DERNIÈRES PAROLES, UNE PITOYABLE SUPPLIQUE AVANT QUE JE NE METTE FIN À TON EXISTENCE ?

OUI. ÉPARGNE-MOI, ET LES VACHES D'IRLANDE DONNERONT TOUJOURS DU LAIT.
POINT DE MISÉRICORDE, ALORS. MÊME VOUS, REPTILES, N'AVEZ AUCUN POUVOIR SUR L'ÂGE DES VACHES OU DES GÉNISSES.
DIS À TES FERMIERS QUE CHAQUE SAISON LEUR APPORTERA UNE MOISSON S'IL M'EST FAIT QUARTIER.
DDANGG!!!
UNE RÉCOLTE PAR AN NOUS SUFFIT.
NON, CELA NE TE SAUVE PAS, VERMINE.
TU VOIS QUELQUE CHOSE QUI POURRAIT T'AIDER ?
OUI. TUE-MOI, ET MON PEUPLE REVIENDRA RAVAGER TES TERRES. NOS SOUS-ÊTRES VIOLERONT VOS FEMMES ET DÉVORERONT LES ENTRAILLES DE VOS ENFANTS.
MAIS FAIS-MOI QUARTIER ET JE TE PROMETS QUE TON ROYAUME SERA AFFRANCHI DES FOMORS JUSQU'À LA FIN DES TEMPS.
ON NE PEUT TE FAIRE CONFIANCE. TU MEURS ICI, ET MAINTENANT.
ATTENDS !

SIRE, C'EST UNE SUPERBE OPPORTUNITÉ DE DÉBARRASSER À JAMAIS L'IRLANDE DES SERPENTS...
CETTE POLLUTION NOCTURNE NE TIENDRA JAMAIS PAROLE !
SIRE, IL Y A DES RÈGLES, MÊME POUR LES FOMORS. DES CHOSES QU'ILS NE PEUVENT FAIRE. SINON, ILS AURAIENT DÉJÀ CONQUIS LA TERRE ENTIÈRE.
JE COMPRENDS...
MAIS LE LÉZARD MEURT QUAND MÊME !
SIRE, MOLOCH EST UN BLANC ALBINOS ! UN SEIGNEUR DE GUERRE FOMOR ! IL EST D'UN RANG PLUS ÉLEVÉ QUE BALOR ! LES CONSÉQUENCES DE SA MORT POUR NOUS RISQUERAIENT D'ÊTRE DÉSASTREUSES !
SON SORT DOIT ÊTRE DÉTERMINÉ PAR LE CONSEIL TRIBAL.
LE CONSEIL TRIBAL IMPOSA À SLÁINE D'ACCEPTER LA REQUÊTE EN GRÂCE DE MOLOCH. ET SLÁINE FUT FORT MARRI DE LEUR DÉCISION...
DÉSIRES-TU RENDRE UN DERNIER HOMMAGE À TES COMPAGNONS REPTILES, MOLOCH ?
JE N'AI QUE FAIRE DU SORT DES DEMI-SANGS, DES HYBRIDES OU DES SIMPLES SOLDATS, DE LA MASSE. LEUR PERTE M'INDIFFÈRE...
QUANT À BALOR ET AUX PUR-SANGS, LEUR DÉPART M'ATTRISTE, MAIS POUR UN FOMOR, IL N'EST PLUS NOBLE FAÇON DE VERSER SA PEAU QU'À LA BATAILLE.
QUAND TOI, TU VOULAIS JUSTE SAUVER LA TIENNE.
DISPARAIS HORS DE MA VUE.

SLÁINE, JE SUIS DÉSOLÉE QUE LE CONSEIL T'AIT DÉSAVOUÉ.
MOI AUSSI, NIAMH. JE SAIS QUE CETTE CHOSE VA REVENIR. J'AURAI DÛ LE TUER.
TU N'AVAIS D'AUTRE CHOIX QUE DE LE LAISSER PARTIR. SI TU AVAIS DÉSOBÉI AU CONSEIL UNE FOIS DE PLUS, ILS T'AURAIENT BANI.
ÇA AURAIT PEUT-ÊTRE MIEUX VALU, PLUTÔT QUE SUIVRE LEURS RÈGLES RIDICULES...
PEUT-ÊTRE.
QUAND JE PENSE À MOLOCH, J'AI CE TERRIBLE PRESSENTIMENT...

DIS-MOI QUEL AVENIR SE PROFILE, AUGURE.
J'AI BESOIN DE SAVOIR SI **L'IRLANDE** EST À JAMAIS LIBÉRÉE DES REPTILES.
JE CRAINS QUE L'AVENIR NE SOIT VOILÉ DE TÉNÈBRES, SIRE.
PARCE QU'IL S'Y OURDIT UNE CHOSE… **TERRIBLE**… DONT LE SENS DEVRA NOUS RESTER PROSCRIT…
…JUSQU'À SON ADVENUE !
N'EST-CE POINT EN CONTRADIC-TION AVEC TA VOCA-TION ?
CHERCHE AU-DELÀ, DANS UN AVENIR DE **L'IRLANDE** PLUS LOINTAIN.
C'EST ENCORE PLUS TERRIBLE, SIRE, ET ENCORE PLUS ENTÉNÉBRÉ !
EUH, **NIAMH**… DIS-MOI… OÙ AVONS-NOUS TROUVÉ CETTE AUGURE, DÉJÀ ?
ATTENDS ! LES TÉNÈBRES S'ENTROUVRENT ! JE VOIS LE FUTUR LOINTAIN, ET IL EST… **HIDEUX !**
JE VOIS UN MONDE QUE JE N'AFFECTIONNERAI PAS !
DES ÉTÉS SANS FLEURS
DES FEMMES SANS MODESTIE
DES HOMMES SANS HACHE
DES FORÊTS SANS ARBRES
DES MERS SANS POISSONS
DES GUERRES SANS ÉPÉES
DES DRAGONS D'ACIER PATROUILLANT LES CIEUX
DES ROUTES COUVERTES DE CHARS FUMANTS
DES DÉMONS ENFERMÉS DANS
DES MIROIRS DE CRISTAL
UN MONDE MALÉFIQUE !

UN MONDE OÙ LES HOMMES SORTENT SANS HACHE ? CELA NE ME PARAÎT PAS TRÈS PROBABLE...
DES FORÊTS SANS ARBRES ET DES MERS SANS POISSONS ? C'EST IMPOSSIBLE. JE CROIS QU'ELLE A TOUT INVENTÉ, **SLÁINE** !
JE L'ESPÈRE, **UKKO**. PARCE QUE SI C'EST VRAI...
...CE SERA UN **ENFER**.
LAISSE L'AVENIR LÀ OÙ IL EST. JE VAIS FAIRE UN TOUR.
JE VIENS AVEC TOI, **NIAMH**...
NON. JE VEUX ADRESSER UNE PETITE PRIÈRE À LA DÉESSE POUR NOTRE VICTOIRE.

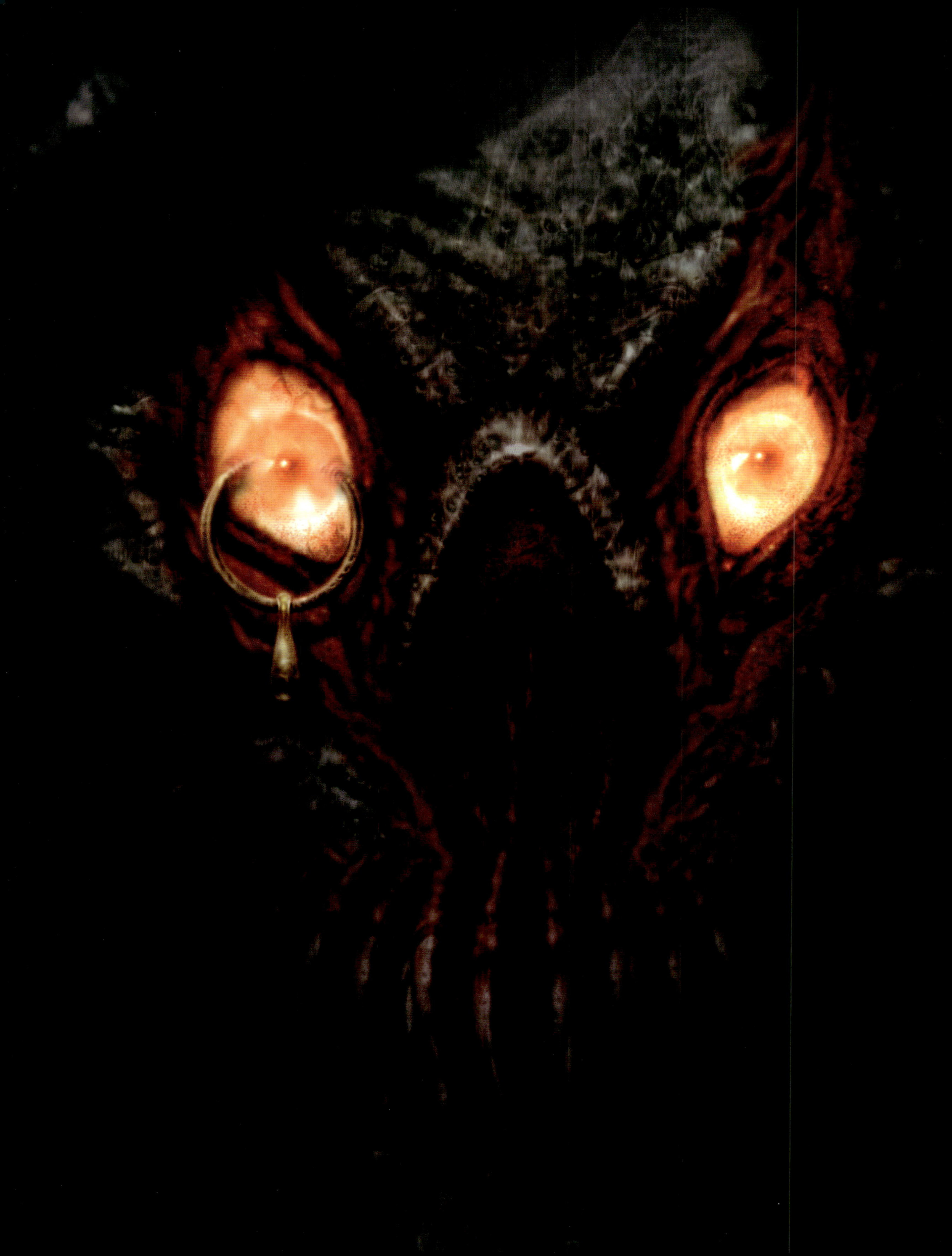

NIAMH... PAR ICI. JE T'ATTENDAIS...
VAIS-JE CONSACRER UNE HEURE À TE FAIRE L'AMOUR ?
NOUS N'AVIONS PAS CONVENU D'UN RENDEZ-VOUS.
ALORS VIENS À MOI SANS LES AMÉNITÉS...
TU ES AFFLIGEANT, À PRÉSUMER QUE JE POURRAIS DÉSIRER FORNIQUER AVEC TOI.
TON ANXIÉTÉ À CE SUJET N'A PAS LIEU D'ÊTRE...
VOIS-TU, JE PRÉFÈRE L'ÉTREINTE DES FEMELLES HUMAINES LORSQUE LEUR APPÉTENCE VAUT LA MIENNE.
QUI POURRAIT VOULOIR PARTAGER LES ÉBATS D'UN DÉMON ?
DÉSIRER LA SEMENCE DONT LE FRUIT EST MONSTRUEUX ?

QUELLE FEMME VOUDRAIT CARESSER DES ÉCAILLES DU BOUT DES DOIGTS ?
ET MÊLER LA LIE DE LA NUIT À SES HONNÊTES BAISERS ?
QUI VOUDRAIT ALLIER DES MEMBRES REPTILIENS À UN DOUX CORPS QUI NE LUI CORRESPOND PAS ?
LES DÉLICES DE L'AMOUR NE SE MANIFESTENT PAS LORSQUE LA NATURE S'Y OPPOSE À TOUT CRI !
JE PEUX PRENDRE UNE APPARENCE HUMAINE, SI CELA T'EST PLUS PLAISANT.
TU VOIS... ? EST-CE PLUS AVENANT ?
JE NE DOUTE PAS DE TA CAPACITÉ À TROMPER LES SENS, MAIS TU NE PEUX DISSIMULER LE MAL QUI EST EN TOI !
ALORS TOUT EST DIT ! JE SUIS LAS DE CE JEU !
JE SAIS QUE LES FEMELLES HUMAINES AIMENT L'APPROCHE...
...MAIS L'APPROCHE EST TERMINÉE !

TU DEVRAIS ÊTRE HONORÉE QU'UN DIEU AIT CHOISI DE TE COUVRIR !
AAAHH !
NOOOOON !
NIAMH... ?
MOLOCH !
UNE GARDE DOUBLE ! UN SYMBOLE REPTILIEN QUI SIGNIFIE... DUPLICITÉ !

NIAMH... !
JE VOIS UN AUTRE MONDE QUI M'EST CHER, MON ÉPOUX. ET L'ÉTÉ Y EST ÉTERNEL. JE DOIS PARTIR...
C'EST IMPOSSIBLE ! TU M'ES CHÈRE, ET TU L'ES À KAÏ !
ET VOUS M'ÊTES CHERS TOUS LES DEUX, MAIS IL LE FAUT. L'AU-DELÀ M'APPELLE.
MON HEURE EST VENUE.
JE NE PEUX TE LAISSER PARTIR. JE NE PEUX VIVRE SANS TOI !
MAIS CE N'EST QUE LA MORT.
ET NOUS REVENONS ENCORE ET ENCORE, AVEC TANT DE NOUVEAUX VISAGES ET DANS TANT D'ÉPOQUES QUE NOUS NOUS RETROUVERONS, SLÁINE. JE TE LE PROMETS...
MAINTENANT...
EMPORTE MON SOUFFLE...
LOIN...
MOLOCH !

AU REVOIR, NIAMH.

KAÏ ÉTAIT REVENU DU SÉMINAIRE DRUIDIQUE POUR LES FUNÉRAILLES.
TU LE RETROUVERAS, N'EST-CE PAS, PÈRE ?
OH OUI, JE VAIS LE RETROUVER, MON FILS...
IL A RENDEZ-VOUS AVEC MA HACHE.
SIRE, JE CROIS COMPRENDRE QUE VOUS PARTEZ POUR L'ALBION ?
OUI, SETHOR. LE ROI BRUTUS Y A COMPLAISAMMENT ACCUEILLI LES DÉMONS DES MERS. ILS EN ONT FAIT LEUR AVANT-POSTE SUR TERRE.
S'IL SE TROUVE DANS NOTRE MONDE, CE SERA EN ALBION.
SIRE, LE CONSEIL TRIBAL A DÉBATTU DE CETTE QUESTION. NOUS COMPATISSONS ET COMPRENONS TON BESOIN DE JUSTICE...
MAIS... ?
TA RESPONSABILITÉ PREMIÈRE EST ENVERS TON ROYAUME.
EN DEVENANT ROI SOUVERAIN, TU AS JURÉ LA PRÉÉMINENCE DE TON UNION AVEC LA DÉESSE TERRE SUR TON ÉPOUSE TEMPORELLE.
ALORS JE NE SUIS PLUS ROI SOUVERAIN.
QUOI ?
EH BIEN, JE VAIS DEVOIR DÉBATTRE DE CELA AVEC LE CONSEIL TRIBAL, ÉVIDEMMENT...
FAIS CE QUE TU VEUX.
AU REVOIR, KAÏ. RESTE EN IRLANDE TANT QUE CE NE SERA PAS TERMINÉ.

LA NOUVELLE TROIE, UN AN PLUS TARD.
CE SONT LÀ D'EXCELLENTES LARMES ! TRÈS BIEN, VOICI L'INFORMATION DONT TU AS BESOIN...
TU AVAIS RAISON, SLÁINE. IL SERA À LA NUÉE DU SOLSTICE.
ET ÇA M'A COÛTÉ UNE SEULE FIOLE DE LARMES.
SI LES DÉMONS NE SENTAIENT PAS LA PEUR, NOUS FERIONS UNE FORTUNE EN LEUR VENDANT DE L'EAU SALÉE.
OH, JE NE SAIS PAS, UKKO...
J'AI TROUVÉ PLAISIR À LES REMPLIR.
ILS N'AURAIENT PAS DÛ ESSAYER DE ME DÉTROUSSER.
VOICI TA PRIME, NABOT.
TU PEUX REFAIRE TA VIE DANS UN AUTRE PAYS.
S'IL TE PLAÎT ! LAISSE-MOI VENIR AVEC TOI, SLÁINE ! JE SUIS SÛR QUE JE SERAI UTILE !
NON, JE DOIS AGIR SEUL, UKKO. LA VILLE VA S'EMBRASER QUAND CE SERA TERMINÉ. IL FAUT QUE TU PARTES MAINTENANT.
MAIS TOI, TU VAS RÉUSSIR À T'ÉCHAPPER, N'EST-CE PAS ? TU Y ARRIVES TOUJOURS !
ÉVIDEMMENT QUE JE VAIS M'ÉCHAPPER. ALLONS, TON BATEAU PART DANS DEUX HEURES.
TU ME PARLERAS DE LA NUÉE EN CHEMIN.

...ET IL A DIT QUE CELA AURAIT LIEU DANS UN BOIS À LA PORTE SEPTENTRIONALE.
LOGIQUE, C'EST L'ENDROIT OÙ CONVERGENT LES FLUX MAGIQUES DE L'ENSEMBLE DES MURAILLES DE LA VILLE.
PAR SOTH ! MAIS QUE SONT DONC CES CRÉATURES MARINES ?
DES DÉMONS DES MERS D'UN ESSAIM DU SUD. ILS SONT PORTÉS ET NOURRIS PAR LEURS HÔTES HUMAINS.
ON LES APPELLE DES QUINTAURES, DES « ÊTRES AUX CINQ MEMBRES ».
D'AUTRES DÉMONS VÊTUS DE PEAUX HUMAINES ! ÇA VA ÊTRE UNE NUÉE COLOSSALE !
LA BARGE À FANGE EST LÀ. TU FERAIS MIEUX DE MONTER À BORD.
MAIS NOUS NOUS RETROUVERONS UN JOUR, N'EST-CE PAS ? DANS UN BAR, QUELQUE PART ? ET NOUS RECOMMENCERONS TOUT...
JUSTE TOI ET MOI, SLÁINE, COMME AU BON VIEUX TEMPS...
ÉVIDEMMENT QUE NOUS LE REFERONS, UKKO, ÉVIDEMMENT.
AU REVOIR, MON AMI...
IL M'A APPELÉ...
SON AMI !
SON AMI !

« SELON LA SENTINELLE, TOUS LES DÉMONS POSSIBLES ET IMAGINABLES SERONT À LA NUÉE, **SLÁINE**...
GARGOUILLES, DEMI-HUMAINS, DÉMONS AILÉS, QUINTAURES, HOMMES-TAUREAUX, HOMMES-CHIENS, BLANCS ALBINOS... EN LA NUIT OÙ L'ÉTOILE-CHIENNE **SIRIUS** SERA ALIGNÉE AVEC LA TERRE ET LE SOLEIL.
ILS ONT L'INTENTION DE CONJURER UN **GRAND ANCIEN** DE SIRIUS À TRAVERS LA CRÉMATION D'ENFANTS...
MOLOCH PRÉSIDERA DEPUIS LE TRÔNE-HIBOU - LE SYMBOLE DE SA PUISSANCE - CEINT D'UN GOUFFRE DE FEU...
LES DÉMONS VONT EXULTER, AFIN D'ACCROÎTRE LA TERREUR DES VICTIMES ET D'ATTIRER L'ÊTRE STELLAIRE. »
MOL-LOCH !
MOL-LOCH !
MOL-LOCH !

RASSEMBLEZ LES PETITS !
BRÛLEZ-LES ! BRÛLEZ-LES !
C'EST BIEN CE QU'ILS **MÉRITENT** POUR LEUR INNOCENCE !

JE VEUX QUE VOUS ME DISIEZ CE QUE VOUS PENSEZ QUE JE VAIS VOUS FAIRE... AVANT QUE JE NE VOUS JETTE DANS L'ABÎME.
AFIN QUE JE SAVOURE VOTRE TERREUR ET QUE JE BOIVE VOS LARMES...
ET ALORS, SEULEMENT ALORS... JE VOUS DIRAI CE QUE JE VAIS VRAIMENT VOUS FAIRE !

MOLLLOCCCH !
FUYEZ, LES ENFANTS ! C'EST VOTRE SEUL ESPOIR !
QUI EST CET INSOLENT SANG-CHAUD QUI VIENT CONTRARIER NOTRE NUIT SACRÉE ?
JE M'APPELLE SLÁINE MAC ROTH !
ET MON SANG EST BOUILLANT !

SLÁINE ! QUE C'EST BON DE TE REVOIR !
MAIS QUE FAIS-TU ICI ? Y AURAIT-IL UN PROBLÈME ?
TU SEMBLES QUELQUE PEU... CONTRARIÉ.
T'AURAIS-JE D'UNE QUELCONQUE FAÇON OFFENSÉ ?
TU AS TUÉ MA FEMME !
TA RAGE EST ENIVRANTE ! ENCORE ! ENCORE !
NON ! NE VOUS EN MÊLEZ PAS ! SLÁINE EST À MOI !
MAIS VOUS AVEZ BESOIN DE PROTECTION, SIRE MOLOCH...
LE SIRIEN NE RESSENT NULLE BIENVEILLANCE ENVERS CEUX QUI ONT PEUR ! JE M'OCCUPERAI DE CECI MOI-MÊME !
DÉSOLÉ POUR CETTE INTERRUPTION, SLÁINE. C'ÉTAIT TELLEMENT DISCOURTOIS.
OÙ EN ÉTIONS-NOUS ? AH OUI, NIAMH... JE NE COMPRENDS TOUJOURS PAS POURQUOI TU EN FAIS UNE TELLE AFFAIRE. N'ES-TU POINT COMBLÉ DE SAVOIR QU'UN DIEU LUI A FAIT L'AMOUR ?

JE VOUS AI DIT DE RECULER !
EN FAIT, POUR ÊTRE TOUT À FAIT HONNÊTE AVEC TOI, SLÁINE... ELLE N'ÉTAIT PAS SI BONNE.
SALE BÂTARD !
MAIS MÊME AINSI, CELA NOUS LAISSE QUELQUE CHOSE EN COMMUN, FAIT DE NOUS PRESQUE DES FRÈRES...
APRÈS TOUT, NOUS L'AVONS EUE TOUS LES DEUX.
JE SAIS QUE TES SARCASMES ABJECTS NE VISENT QUE MA RAGE QUI TE NOURRIT...
PROFITES-EN AVANT QUE JE NE FERME DÉFINITIVEMENT TA BOUCHE IMMONDE !
VOIS-TU, J'AI UN AVANTAGE SUR TOI, MOLOCH...
TU VEUX VIVRE. LA COUARDISE DONT TU AS FAIT MONTRE EN IRLANDE L'A PROUVÉ.
MOI, JE VEUX MOURIR !
JE VEUX ALLER REJOINDRE NIAMH DANS L'AUTRE MONDE !
NON ! NOOOOON !
C'EST À MON TOUR DE PASSER...

...TANT QUE JE T'EMMÈNE AVEC MOI !

DA-DANGG!
MOLOCH... ?
AH, SLÁINE, TU NE SAIS PAS À QUEL POINT IL PEUT ÊTRE DOUX D'ÊTRE HAÏ PAR TOI. TA FUREUR M'EXCITE TELLEMENT !
ALORS PRENDS MON PIED !
CCCCRRAAACK

ATON VIENT ! ATON VIENT ! ATON VIENT ! ATON VIENT !
PROSTERNEZ-VOUS DEVANT ATON, LE DIEU STELLAIRE !
MAIS LES ENFANTS SE SONT ENFUIS ! LE CYTHE NE PEUT PLUS SE REPAÎTRE DE LEUR TERREUR ! IL VA SE RETOURNER CONTRE NOUS !
COMME JE TE LE DISAIS, SLÁINE... MA RACE NE CONNAÎT PAS LES CLIVAGES DUALISTES. COLÈRE ET PEINE SONT SEMBLABLEMENT APPRÉCIÉES.
IL EN VA DE MÊME POUR MÂLE ET FEMELLE, VÉGÉTAL ET ANIMAL. CELA NE FAIT AUCUNE DIFFÉRENCE, POUR NOUS.
C'EST POUR CELA QUE JE VAIS FAIRE DE TOI MON MIGNON, SLÁINE.
J'AI EU L'ÉPOUSE ; MAINTENANT C'EST LE TOUR DU MARI. AINSI, TOUT RESTE EN FAMILLE.
CELA TE PARAÎT PEUT-ÊTRE SORDIDE...
MAIS TU T'HABITUERAS À CETTE IDÉE... IL SUFFIT DE TROUVER LES MOTIVATIONS ADÉQUATES...

ET QUAND J'EN AURAI FINI AVEC TOI, TU SERAS UN LÉGUME...
...J'AI TOUJOURS AIMÉ LES COURGES BIEN BAVEUSES !
FERME-LA, POLLUTION NOCTURNE !
JE VAIS T'APPRENDRE À ME CONSIDÉRER DIFFÉREMMENT...
TE MONTRER LES FAÇONS TRÈS PARTICULIÈRES DONT J'AIME ÊTRE ADORÉ...
C'EST MIEUX. MAINTENANT, METS-TOI À GENOUX...
RÉPÈTE APRÈS MOI... « J'OBÉIRAI AU MOINDRE DE TES CAPRICES, SEIGNEUR MOLOCH, QUI SERONT GÉNÉRALEMENT MEURTRIERS OU OBSCÈNES, ET LE PLUS SOUVENT LES DEUX À LA FOIS.
PARCE QUE JE SUIS TON IGNOMINIEUX ESCLAVE. »
RÉPÈTE, SLAINE.

J'OBÉIRAI... AU MOINDRE DE TES CAPRICES, SEIGNEUR MOLOCH...
LE JOUR OÙ LE CIEL TOMBERA PAR TERRE !
MON OEIL !
POPP!!!!
AARRGGHHHHH
NON, IL EST À MOI !
AAAAAAAAAAAAAGGGGGGHHHHH!!!!!
MAINTENANT TU VAS PLEURER DES LARMES DE SANG !
VENGEANCE ! VENGEANCE POUR NIAMH !
JE MEURS... MAIS SACHE CECI : L'ÉRIU EST SUR LE POINT D'ÊTRE ENVAHIE PAR UN NOUVEL ENNEMI, QUI AURA FINALEMENT LE DESSUS SUR TOI...
JE L'AI VU, INSCRIT DANS LES ÉTOILES.
IMPOSSIBLE ! NUL N'EST L'ÉGAL DES TRIBUS DE LA DÉESSE DE LA TERRE !
OH SI, SLÁINE... « UNE RACE PROLIFIQUE ET FÉROCE VENUE DU ROYAUME DES MORTS, EN QUÊTE DE LA TERRE AU BOUT DU CRÉPUSCULE. »

« UNE RACE PROLIFIQUE ET FÉROCE VENUE DU ROYAUME DES MORTS, EN QUÊTE DE LA TERRE AU BOUT DU CRÉPUSCULE. NOMADES EN SCYTHIE ET EN GOTHIE, MERCENAIRES POUR L'EMPIRE D'ÉGYPTE, LEURS ANCÊTRES AVAIENT AUTREFOIS COLONISÉ CES ÎLES, CAR L'ATLANTIDE ENGLOUTIE AVAIT ÉTÉ LA MÈRE ORIGINELLE DE CES COMBATTANTS DES MERS ITINÉRANTS. DRAPÉS DE LEURS LONGS MANTEAUX, ARMÉS DE LEURS BÂTONS SERPENTS ET DE LA PIERRE DES ÉTOILES, QUI POURRAIT PRÉTENDRE LES ÉGALER ? LEURS TALENTS GUERRIERS SONT RENOMMÉS, ILS SONT LE FLÉAU DE L'EUROPE ! »
JE VOULAIS QUE TU SACHES CELA AVANT QUE JE NE MEURE... LES TRIBUS DE LA DÉESSE DE LA TERRE NE FERONT PAS LE POIDS CONTRE LES ÉTRANGERS !
« LEURS TALENTS GUERRIERS SONT RENOMMÉS, ILS SONT LE FLÉAU DE L'EUROPE ! »
MA HACHE COMMENCE À ME ROUILLER DANS LES MAINS !
IL EST TEMPS D'EN FINIR.
GGGRRRAAAA
LE CYTHE L'EMPORTE ! **MOLOCH** EST MORT, ENFIN !

JE SERAIS HEUREUX DE MOURIR AU COMBAT, MAIS IL SEMBLE QUE MON HEURE NE SOIT PAS VENUE. JE VAIS DEVOIR ME FRAYER UN CHEMIN HORS D'ICI...
...SI JE VEUX RETOURNER EN **ÉRIU**, OÙ SE TROUVE MON FILS **KAÏ**, ET DÉCOUVRIR S'IL Y A LA MOINDRE VÉRITÉ DANS LA PROPHÉTIE DE **MOLOCH**...

« UNE RACE PROLIFIQUE ET FÉROCE VENUE DU ROYAUME DES MORTS, EN QUÊTE DE LA TERRE AU BOUT DU CRÉPUSCULE. »
CETTE TEMPÊTE EST L'OEUVRE DE LEURS DRUIDES, AMORGEN...
USE DU SYMBOLE STELLAIRE POUR L'APAISER.
FORT BIEN, SIRE. L'ESPRIT DU PAYS NE PEUT RIEN ME REFUSER, CAR NOS ANCÊTRES VIVAIENT ICI BIEN AVANT LES TRIBUS DE LA DÉESSE TERRE...
J'INVOQUE LA GRANDE DAME ÉRIU !
ELLE QUI VEILLE SUR LES MERS SCINTILLANTES ! SUR LES COLLINES FERTILES ! SUR LES VALLÉES BOISÉES !
J'IMPLORE QUE NOUS RECOUVRIONS CETTE TERRE D'ÉRIU, NOUS, ENFANTS D'ATLANTIDE, QUI SOMMES REVENUS PAR-DESSUS LE DÉFERLEMENT DES VAGUES POUR REVENDIQUER NOTRE HÉRITAGE !
LE VENT DRUIDIQUE RETOMBE, AMORGEN ! C'EST UN SIGNE ! LA DÉESSE EST DE NOTRE CÔTÉ, MAINTENANT !
GAËL... ?
C'EST TERMINÉ ! NOS ANNÉES D'ERRANCE SONT ENFIN ACHEVÉES, PRINCESSE !

ET JE FERAI DE TOI LA REINE DE CE PAYS !
C'EST POUR MOI COMME SI C'ÉTAIT HIER. J'ÉTAIS LA PRINCESSE MÉRYTATON D'ÉGYPTE, FILLE DU PHARAON AKHÉNATON. TU ES APPARU, ET TU AS RAVI MON COEUR...
MA BELLE SCOTA...
MA BELLE PIRATE...
QU'EST-CE QUI NE VA PAS ? QUE SE PASSE-T-IL, PRINCESSE ?
S'IL TE PLAÎT, GAËL... MÊME SI JE ME LANGUIS DE TON ÉTREINTE....
TU SAIS QUE TOUT ENTRE NOUS EST DIFFÉRENT, MAINTENANT.
MAIS JE RESTE GAËL...
JE RESTE... UN HOMME !
ET JE NE LES LAISSERAI JAMAIS...
TE FAIRE...
CECI.
JE SAIS, GAËL, ET JE T'AIME POUR CELA. MAIS JE RESTE TROUBLÉE. J'AI ENCORE BESOIN DE TEMPS...
S'IL TE PLAÎT, SOIS PATIENT AVEC MOI.
TRÈS BIEN.
NOUS PASSONS LA NEUVIÈME VAGUE ! PRÉPAREZ-VOUS À DÉBARQUER !

ÉVIDEMMENT, AMORGEN. C'EST CE DONT NOUS AVONS CONVENU.
NOUS ALLONS PARTAGER CETTE TERRE AVEC EUX.
N'OUBLIE PAS, GAËL... BIEN QUE NOUS SOYONS LES ENVAHISSEURS, IL RESTE DE NOTRE DEVOIR DE NOUS MONTRER JUSTES AVEC CE PEUPLE.
BOUTEZ LES ÉTRANGERS AU-DELÀ DE LA NEUVIÈME VAGUE !
SI SLÁINE ÉTAIT LÀ, ILS NE DÉBARQUERAIENT MÊME PAS !
FEU !
CHARGEZ !
ILS FONT USAGE DES ARMES INTERDITES ! LES BÂTONS SERPENTS D'ATLANTIDE !
QUELLES CHANCES AVONS-NOUS CONTRE DE TELLES ARMES ?
J'ESPÈRE QUE SIRE ODACON TIENDRA SA PROMESSE... QU'IL LIBÈRERA GAËL ET TOUS LES AUTRES LORSQUE L'INVASION SERA ACHEVÉE.
MOI AUSSI. GAËL ME PROTÉGEAIT LORSQU'IL FUT MORDU PAR LE DÉMON DES MERS. SON SORT CRUEL M'EST IMPUTABLE.

J'ESPÈRE QUE VIENDRA LE JOUR OÙ LUI ET SES CHEVALIERS NE SERONT PLUS DES QUINTAURES, DES ÊTRES AUX CINQ MEMBRES...
DES HÔTES POUR LES DÉMONS.
OÙ GAËL NE SERA PLUS L'HÔTE DE SIRE ODACON... SON GOLAMH !
NOUS ALLONS PARTAGER CETTE TERRE AVEC EUX...
...PARCE QUE CETTE TERRE SERA LEUR TOMBE !
GOLAMH

BIEN...
CELA N'A PAS PRIS TROP LONGTEMPS, N'EST-CE PAS ?
GAËL, LEUR ROI SOUVERAIN, SETHOR, EST VENU NÉGOCIER LE TRAITÉ DE PAIX ENTRE NOS TRIBUS.
UN TRAITÉ ? DE PAIX ?
T'AI-JE VRAIMENT BIEN ENTENDU, AMORGEN ?
N'AURAIS-TU PAS PLUTÔT DIT REDDITION ?
OUI, SIRE ODACON, OUI, JE COMPRENDS...
LES ÉCAILLES DE SIRE ODACON SONT SÈCHES. NOUS DISCUTERONS DE LEUR REDDITION PLUS TARD.
FAITES MANDER MON ÉPOUSE SUR LA PLAGE.

DANS LES TEMPS ANCIENS, AVAIENT APPARU DEPUIS LA MER PLUSIEURS ABOMINATIONS, QUI AVAIENT UNE APPARENCE COMPLEXE INTERMÉDIAIRE ENTRE LE POISSON ET L'HOMME.
LE CORPS DE CES CRÉATURES ÉTAIT CELUI D'UN POISSON MÊLÉ À CELUI D'UN HOMME. SOUS LA TÊTE DU POISSON, IL AVAIT UNE **AUTRE** TÊTE HUMAINE, ET ÉGALEMENT DES JAMBES EN DESSOUS.
L'UNE DES ABOMINATIONS S'APPELAIT **ODACON**.
CETTE CRÉATURE À FORME DOUBLE AVAIT UNE VOIX INTELLIGIBLE ET HUMAINE. LE JOUR, ELLE CONVERSAIT AVEC LES HOMMES, MAIS N'INGÉRAIT AUCUNE NOURRITURE.
ELLE LEUR FIT DÉCOUVRIR L'ÉCRITURE ET LA SCIENCE ET TOUTES LES FORMES D'ARTS. ELLE LEUR APPRIT À CONSTRUIRE DES MAISONS, À FONDER DES TEMPLES, À RÉDIGER DES LOIS, ET LEUR EXPLIQUA LES PRINCIPES DE LA GÉOMÉTRIE.
ELLE LEUR FIT DIFFÉRENCIER TOUTES LES SEMENCES DE LA TERRE ET LEUR MONTRA COMMENT EN RÉCOLTER LES FRUITS. EN CLAIR, ELLE INSTRUISIT LES HOMMES EN TOUT CE QUI ALLAIT HUMANISER L'HUMANITÉ.
MAIS LORSQUE LE SOLEIL SE COUCHAIT, IL ÉTAIT DANS LES MOEURS DE L'ABOMINATION DE PLONGER DANS LA MER ET DE PASSER LA NUIT DANS LES PROFONDEURS, CAR ELLE ÉTAIT AMPHIBIE.
INTERPRÉTATION BABYLONIENNE DE L'ORIGINE DE LA CIVILISATION.

GAËL... TU DÉSIRAIS ME VOIR ?
NON, PRINCESSE. JE LE DÉSIRAIS, MOI.
POUR QUELQUE RAISON, LE GOLAMH DE SIRE MUSARUS A PERDU TOUT DÉSIR DE VIVRE. IL NE POURVOIT PLUS À SON ALIMENTATION.
MUSARUS A DONC BESOIN D'UN NOUVEL HÔTE...
IL A DEMANDÉ QUE CE SOIT TOI.
NON ! PAS MON ÉPOUSE !
PAR ISIS ! NON !
SEIGNEUR, PAR PITIÉ ! TU AVAIS PROMIS QUE TU NE LUI FERAIS JAMAIS CELA !
MAIS IL S'AGIT D'UN HONNEUR, GAËL. SIRE MUSARUS EST UN FOMOR DES PLUS ÉMINENTS.
OUI, UNE « PEAU SÈCHE » JEUNE ET SAINE. ELLE SIED TOUT À FAIT À MES BESOINS...
LORS, DÉVÊTS-TOI, PRINCESSE, ET PRÉPARE-TOI À T'UNIR À SIRE MUSARUS...
JE VAIS ÊTRE MALADE...
PARDONNE-MOI, MADAME, MAIS MUSARUS ME TRAITE COMME UNE MARIONNETTE...
JE... JE N'AI PLUS ENVIE DE VIVRE...

IL NE FAUDRAIT PAS QUE CELA DEVIENNE UNE HABITUDE...
APRÈS TOUT, TU VAS BIENTÔT DEVOIR MANGER POUR DEUX.
TU PARAIS CONTRARIÉ, GAËL ? JE PENSAIS QUE MA DÉCISION T'ENCHANTERAIT...
ALLONS, SOURIS...
SOURIS !
TOUT VA BIEN SE PASSER, PETITE... MA SALIVE CONTIENT UN ANALGÉSIQUE...
ALORS DÉNUDE TON COU, ET JE TE DONNERAI LE BAISER DES RÊVES...
JE SUIS DÉSOLÉ, MA DAME, MAIS IL CONTRÔLE MES MAINS, MES PIEDS...
LE BAISER DES...
QUE... PAR TOUTES LES MERS ?!

SUCE MA HACHE !
NON ! UN PEAU SÈCHE A TUÉ MUSARUS !
GAËL ! ALERTE TES GARDES !
PAR LUG ! QUE SE PASSE-T-IL DONC ICI ? JE REVIENS EN MON PAYS POUR REJOINDRE MON FILS... ET JE TROUVE NOTRE ARMÉE DÉFAITE PAR DES QUINTAURES !
POUR DIRE LA VÉRITÉ, J'ÉPROUVE UN DÉSIR VISCÉRAL DE MASSACRER TOUTE CETTE MEUTE À LA DÉTESTABLE APPARENCE ! J'EN AI UNE ENVIE IRRÉPRESSIBLE !
JE SUPPOSE QUE TU DOIS ÊTRE LE BARBARE QUE L'ON APPELLE SLÁINE MAC ROTH.
MON AMI PEAU SÈCHE, SIRE MOLOCH, M'A PARLÉ DE TOI.
COMME LE DISAIT QUELQU'UN QUI M'EST CHER...

JE NE PARLE PAS AUX POISSONS.
OUI, SIRE MOLOCH A DIT QUE TU RISQUAIS D'ÊTRE RENFROGNÉ SUITE À LA PERTE RÉCENTE DE TON PROPRE GOLAMH... NIAMH ?
JE LE COMPRENDS. NOUS, FOMORS, FINISSONS PAR NOUS... ATTACHER... À NOS GOLAMHS.
TU PARLES DE MA FEMME !
NON, SLÁINE ! CALME-TOI !
JE SAIS QUE CELA DOIT TE PARAÎTRE ÉTRANGE ET HORRIBLE, ET JE SUIS SINCÈREMENT DÉSOLÉE POUR TON PEUPLE, MAIS S'IL TE PLAÎT, IL N'EST PAS NÉCESSAIRE QUE SE POURSUIVE LA VIOLENCE !
ENCORE QUE SI ELLE T'EST INDISPENSABLE, MON GOLAMH GAËL SERA HEUREUX DE T'OBLIGER...
LA TRIBU DE MON ÉPOUX A ERRÉ TANT D'ANNÉES EN QUÊTE DE LEUR ANCIEN PAYS ! ILS NE DÉSIRENT QUE LE PARTAGER AVEC VOUS !
HORS DE MON CHEMIN, PETITE !
LA SEULE CHOSE QUE JE PARTAGE, C'EST MA HACHE !

ALORS TUE-MOI !
MAINTENANT, GAËL. PENDANT QU'IL HÉSITE.
JE...
...JE NE PEUX PAS.
IL A ÉVITÉ À SCOTA DE DEVENIR COMME MOI...
JE PERDRAIS TOUT HONNEUR.
JE VOIS. C'EST PEUT-ÊTRE UN PEU IMPRUDENT DE TA PART, GAËL, TU NE CROIS PAS ?
SANS COMPTER QUE CE N'EST PAS EXACTEMENT À LA HAUTEUR DE TA RÉPUTATION DE FLÉAU DE L'EUROPE.

« MERCENAIRES POUR L'EMPIRE D'ÉGYPTE, HÉRITIERS DE L'ATLANTIDE ENGLOUTIE, COMBATTANTS DES MERS ITINÉRANTS, DONT LES TALENTS GUERRIERS SONT RENOMMÉS. »
C'EST TOI QUI RISQUES D'ÊTRE RENOMMÉ.
JE N'EN AI CURE, SIRE ODACON. SCOTA EST TOUT POUR MOI.
ET CE N'EST PROBABLEMENT PAS LA MEILLEURE FAÇON POUR TOI DE REVENDIQUER LA TERRE AU BOUT DU CRÉPUSCULE.
NOUS ALLONS DEVOIR REVENIR SUR TA CONDUITE UN PEU PLUS TARD, JE LE CRAINS.
GARDES.
ÉCONDUISEZ LE PEAU SÈCHE.
AAAAARRK
AAAAAARRRG
IL A TUÉ NOTRE CHER SIRE MUSARUS.
JE NE CROIS PAS QU'IL SOIT VENU NÉGOCIER LA PAIX !
IL Y A TROIS MOTS QUE JE N'UTILISE JAMAIS AVEC CEUX QUI VIENNENT ENVAHIR MON PAYS... !

PAIX !
NÉGOCIATION !
REDDITION !
CETTE TERRE APPARTIENT AUX TRIBUS DE LA DÉESSE TERRE **DANU** !
ET PAS À DES ÉTRANGERS AFFIDÉS AUX DÉMONS DES MERS !
ET IL Y A TROIS MOTS QUE J'UTILISE AVEC EUX...
TROUS DE BALLE !
SACS À BOUSE !

DES BOUCLIERS AGRIPPE-GORGE À L'ÉPIEU INTÉGRÉ. JE RECONNAIS LE STYLE DES ATLANTES...
DU TEMPS OÙ L'IRLANDE ÉTAIT UNE COLONIE DE L'ATLANTIDE...
COMME LEURS TORCHES ET BÂTONS DE FEU...
...LES ARMES INTERDITES QUE LA BRANCHE ROUGE A DÉCOUVERTES.
DONC MOLOCH AVAIT RAISON...
ILS SONT VENUS REPRENDRE LEURS TERRES AVEC L'AIDE DES FOMORS.
SAUF QUE L'ATLANTIDE A ÉTÉ ENGLOUTIE IL Y A DES MILLIERS D'ANNÉES.
ILS N'ONT AUCUN DROIT ICI.

SLÁINE ! C'EST LE ROI SOUVERAIN SETHOR QUI TE PARLE !
NOUS DEVONS FAIRE LA PAIX AVEC LES ÉTRANGERS. TELLE EST LA DÉCISION DU CONSEIL TRIBAL.
J'AI ÉCOUTÉ LE CONSEIL UNE FOIS, SETHOR...
ET NIAMH EST MORTE !
CE SERA DIFFÉRENT CETTE FOIS, JE TE LE PROMETS.
LE ROI SETHOR A CONCLU L'ACCORD QUE NOUS AVONS NÉGOCIÉ.
IL NOUS CÈDE LA MOITIÉ D'ÉRIU EN ÉCHANGE DE MES VASTES CONNAISSANCES ET DE MA SAGESSE.
PAR OCH ! JAMAIS !
SLÁINE, IL NE TE REVIENT PAS DE CONTESTER TON ROI SOUVERAIN.
LA TERRE AU BOUT DU CRÉPUSCULE EST LA TERRE PROMISE. ELLE A TOUJOURS APPARTENU À L'EMPIRE ATLANTE.
NOUS ÉTIONS ICI BIEN AVANT LES TRIBUS DE LA DÉESSE TERRE.
VOIS-NOUS COMME DES LIBÉRATEURS, SLÁINE.
NOUS VENONS VOUS LIBÉRER DE VOTRE IGNORANCE ET DE VOTRE BARBARIE...

LES PROMESSES ET LES JUSTIFICATIONS DE **MOLOCH** ÉTAIENT LES MÊMES.
TOUS LES ENVAHISSEURS ONT LES MÊMES...
...QUAND ILS VIENNENT NOUS **PILLER** !
JE SUIS DÉSOLÉ POUR TOUT CECI, SIRE **ODACON**. JE NE POURRAIS ASSEZ M'EXCUSER. **SLÁINE** EST UN PERTURBATEUR. C'EST POUR CELA QUE NOUS AVONS DÛ NOUS EN DÉBARRASSER.
JE VAIS RÉESSAYER.
...RÉUSSIR, SETHOR. JE COMMENCE À PERDRE PATIENCE.
SLÁINE ! TU DOIS DÉPOSER LES ARMES ! FAIS-LE POUR TON FILS !
KAÏ ! QU'EST-IL ARRIVÉ À **KAÏ** ?

OÙ EST KAÏ ?
IL...
IL N'A PAS EU LA PATIENCE DE T'ATTENDRE. IL A PRIS UN NAVIRE EN PARTANCE POUR L'ALBION.
JE T'AVAIS CONFIÉ MON FILS, SETHOR... ET TU L'AS LAISSÉ S'ENFUIR ?
VERS UNE TERRE INFESTÉE DE DÉMONS ?
JE... J'AVAIS PLUS IMPORTANT À FAIRE QUE M'OCCUPER D'UN JEUNE RÉVOLTÉ...
COMME LIVRER NOTRE PAYS AUX ENVAHISSEURS ?
LE TRAITÉ DE PAIX DOIT ÊTRE APPROUVÉ PAR LE CONSEIL TRIBAL.
SI TU ENTENDS LE CONTESTER, JE TE SUGGÈRE DE LE FAIRE DANS LE CERCLE.
JE M'OCCUPERAI DE TOI PLUS TARD, REPTILE.
AIE L'AMABILITÉ DE TE PLACER FACE AU VENT LORSQUE TU T'ADRESSES À MOI, MAC ROTH. L'ODEUR DES PEAUX SÈCHES M'INSUPPORTE.
ET LA TIENNE EST PARTICULIÈREMENT NAUSÉABONDE.

LA SÉANCE EXTRAORDINAIRE DU CONSEIL TRIBAL EST OUVERTE.
SON OBJET : APPROUVER LE TRAITÉ DE PAIX QUE J'AI NÉGOCIÉ AVEC LES ATLANTES ET LEURS CONSEILLERS FOMORS.
POURQUOI SLÁINE N'EST-IL PAS PARMI NOUS ?
OUI, EN TANT QU'ANCIEN ROI SOUVERAIN, IL EST EN DROIT DE SE TROUVER ICI.
J'AUTORISERAI SLÁINE À S'ADRESSER À NOUS AU MOMENT APPROPRIÉ...
SI IL SE TIENT D'UNE FAÇON CONVENABLE ET COMPATIBLE AVEC LA DIGNITÉ DE MA FONCTION.
ESSAIE DE TE MONTRER COMPRÉHENSIF, SIRE. IL A VÉCU DE TERRIBLES CHOSES.
ET NOUS LUI DEVONS TOUT. C'EST LUI QUI A RÉUNIFIÉ LES TRIBUS DE LA DÉESSE TERRE...
...ET QUI NOUS A PRÉSERVÉS DES SEIGNEURS DRUNES ET DES DÉMONS DES MERS !
ÉVIDEMMENT. ET TOUT COMME VOUS, J'ÉPROUVE LE PLUS GRAND RESPECT POUR SLÁINE.
MAIS... MALHEUREUSEMENT... SON ÉPOQUE EST RÉVOLUE.
NOUS DEMEURONS RESPONSABLES DU VIOL DE SON ÉPOUSE, POUR AVOIR PASSÉ OUTRE SA DÉCISION ET AUTORISÉ LA LIBÉRATION DE MOLOCH.
JE N'OUBLIERAI JAMAIS CETTE NUIT-LÀ. IL SE RUA VERS L'OCÉAN...
MOLOCH !

TROIS JOURS DURANT, IL FUT SUBJUGUÉ PAR SON SPASME DE FURIE, FOU DE DOULEUR ET DE CHAGRIN.
DANS SA FRUSTRATION ET SA RAGE, IL LIVRAIT BATAILLE AUX VAGUES.
MOLOCH !
MOLOCH ! VIENS TE BATTRE !
MAIS LE DÉMON RESTAIT TAPI AU PLUS PROFOND DE L'OCÉAN.
NIAMH A ÉTÉ TUÉE SUITE À NOS TENTATIVES MALAVISÉES DE FAIRE LA PAIX AVEC LES FOMORS !
CE SERAIT UN TERRIBLE CRIME CONTRE SA MÉMOIRE QUE D'ACCUEILLIR MAINTENANT LES DÉMONS DES MERS !
OUI ! ILS NE NOUS ONT TOUJOURS APPORTÉ QUE PEINE ET AFFLICTION ! NOUS DEVONS LES COMBATTRE !
MAIS CES SERPENTS SONT DIFFÉRENTS. ILS NE SONT PAS DU TOUT COMME BALOR.
CEUX-LÀ PEUVENT NOUS FAIRE PARTAGER LES BIENFAITS DE LEUR SCIENCE MAGIQUE, DE LEURS ARMES FANTASTIQUES, DE LEUR CONNAISSANCE DES ÉTOILES...
...DE LA CIVILISATION !

LEUR FLOTTE DE CONQUÊTE.
AU MOINS SOIXANTE NAVIRES DE GUERRE.
CERTAINS SONT ÉQUIPÉS DE BÂTONS À FEU.
CETTE PYRAMIDE NOIRE SEMBLE AVOIR DE L'IMPORTANCE POUR EUX.
C'EST PEUT-ÊTRE LA SOURCE DE LEUR MAGIE... AVEC UN FONCTIONNEMENT SIMILAIRE À CELUI DE NOS PIERRES SINGULIÈRES.
MAIS POURQUOI NOS CHARIOTS CÉLESTES NE LES ONT-ILS PAS DÉTRUITS LORSQU'ILS ONT FRANCHI LA NEUVIÈME VAGUE ?
MERCI DE M'AVOIR SAUVÉE, SLÁINE.

AUCUNE FEMME NE MÉRITE LES ATTENTIONS D'UN DÉMON DES MERS.
L'ÉRIU EST TELLEMENT BELLE, SLÁINE.
IL Y A TANT DE NUANCES DE VERT, ICI...
OUI, NOUS NOUS Y PLAISONS.
C'EST SI DIFFÉRENT DU DÉSERT DANS LEQUEL J'AI GRANDI. SI FRAIS...
TU VEUX DIRE... HUMIDE ?
POUR QUELQU'UN DE MON PAYS, LE SOLEIL PEUT ÊTRE UN ENNEMI.
MAIS COMMENT TON ÉPOUX EST-IL DEVENU UN GOLAMH ? QUE S'EST-IL PASSÉ ?
QUE PUIS-JE DIRE ?
CE QUI SE PASSE CHAQUE FOIS... BABYLONE, L'ÉGYPTE, L'ALBION, AUJOURD'HUI L'ÉRIU.
LES SERPENTS DIRIGENT SECRÈTEMENT LE MONDE, PAR L'ENTREMISE DE LEURS DISCIPLES HUMAINS.
DEPUIS TOUJOURS, ET SANS DOUTE POUR TOUJOURS.
MON PÈRE, LE PHARAON, ÉTAIT CE GENRE DE DISCIPLE. IL PRÉTENDAIT QU'ATON, QU'IL ADORAIT, ÉTAIT LE SOLEIL, MAIS C'ÉTAIT UN MONSTRE !
UNE CRÉATURE VENUE DES ÉTOILES !
OUI, J'AI VU ATON.
IL EN PERDIT LA RAISON. IL RENIA NOS ANCIENS DIEUX VÉNÉRÉS, ET IMPOSA AU PEUPLE D'ADORER LE SEUL VRAI DIEU, ATON, LE SEIGNEUR DE LA LUMIÈRE.
IL FIT APPEL AUX SERPENTS POUR SE FAIRE OBÉIR.
CEUX-CI CAUSÈRENT LA DESTRUCTION DE LA REINE, MA MÈRE, LA TRÈS BELLE NÉFERTITI, ET DE MON FRÈRE, TOUTÂNKHAMON.
PUIS MON PEUPLE SE RÉVOLTA, ET ATON ENVOYA MON PÈRE FONDER UN NOUVEAU ROYAUME EN UNE TERRE AU-DELÀ DE LA MER ROUGE...

JE REJOIGNIS LA RÉSISTANCE, ET Y RENCONTRAI GAËL ET SES MERCENAIRES ATLANTES. NOUS LUTTÂMES ENSEMBLE À LA RESTAURATION DES DIEUX ANCIENS.
NOUS AVONS MIS LES SERPENTS EN DÉROUTE, PRINCESSE !
MAIS EN UNE CHAMBRE SECRÈTE, LES SERPENTS DE LA HAUTE CASTE, L'ESSAIM AUQUEL APPARTIENT SIRE ODACON, PRÉPARAIENT LEUR RIPOSTE...
LES REBELLES SONT MENÉS PAR LA PRINCESSE MÉRYTATON DE LA LIGNÉE ROYALE, ET PAR SON AMANT ATLANTE. PARTOUT, ILS SONT VICTORIEUX.
LE NOM D'ATON, SEUL VRAI DIEU, SE FAIT EFFACER SUR TOUS LES BÂTIMENTS D'ÉGYPTE !
LA PRINCESSE DOIT PAYER POUR CETTE TRAHISON !
OH OUI...
ELLE VA PAYER !

APRÈS LA RÉVOLTE, GAËL ET MOI QUITTÂMES L'ÉGYPTE. DEUX ANS PLUS TARD, NOTRE FLOTTE DE GUERRE ÉTAIT AU MOUILLAGE SUR LA CÔTE AFRICAINE...
VIENS, PRINCESSE PIRATE. REMONTONS À BORD...
PAS DÉJÀ, GAËL. CHERCHONS PLUTÔT UN TRÉSOR CACHÉ.
HA ! HA ! AS-TU TROUVÉ LES JOYAUX QUE TU CHERCHAIS, PRINCESSE ?

PRINCESSE... ?

ET C'EST TOUT. GAËL M'AVAIT SAUVÉ EN DEVENANT LE GOLAMH DE SIRE ODACON À MA PLACE.
D'AUTRES SERPENTS S'EMPARÈRENT ÉGALEMENT D'ATLANTES POUR FAIRE D'EUX LEURS GOLAMHS.
MAIS ODACON CONCLUT UN PACTE AVEC NOUS. EN ÉCHANGE DE NOTRE OBÉISSANCE, IL S'ENGAGEAIT À NOUS AIDER À REPRENDRE LE PAYS PERDU DE GAËL.
ALORS TU AS CONCLU UN PACTE AVEC LA MORT, SCOTA.
QUEL CHOIX AVAIS-JE ?
GAËL EST MON ÉPOUX.
IL ÉTAIT TON ÉPOUX.
SLÁINE ! LE CONSEIL TRIBAL VA T'ENTENDRE MAINTENANT.
AU REVOIR, PRINCESSE. JE TE SOUHAITE BELLE VIE...
...MAIS JE CRAINS QUE NOTRE PROCHAINE RENCONTRE N'AIT LIEU SUR LE CHAMP DE BATAILLE.
BIENVENUE, SLÁINE MAC ROTH.
ANCIEN ROI SOUVERAIN D'IRLANDE.
MONTRE-TOI RAISONNABLE, SLÁINE.
LES ATLANTES, AINSI QUE LEURS CONSEILLERS OPHIDIENS, NOUS OFFRENT UNE FORMIDABLE OPPORTUNITÉ DE PARTAGER LEUR CULTURE AVANCÉE.

SIRE ODACON NOUS A PROMIS DE L'AIDE POUR CONSTRUIRE DE GRANDS TEMPLES, DES CANAUX ET DES PYRAMIDES, COMME EN ÉGYPTE !
DES INVENTIONS SALUTAIRES ! DES GARNISONS POUR NOTRE SÉCURITÉ !
AVEC LEUR AIDE, NOUS ALLONS CRÉER UN AVENIR MEILLEUR POUR NOS ENFANTS ET LES ENFANTS DE NOS ENFANTS !
CELA S'APPELLE LA CIVILISATION, SLÁINE !
PARLE DANS LE CERCLE, SLÁINE MAC ROTH.
HOMMES DE MA TRIBU, LA CIVILISATION DES SERPENTS VA APPORTER CE QU'ELLE APPORTE TOUJOURS.
LA CONVOITISE, LA HAINE, ET DES TRIBUTS CONÇUS POUR VOLER NOS RÉCOLTES, NOS RICHESSES, NOS VIES, ET FINALEMENT...
...NOS ÂMES.
ET SI NOUS PERDONS NOS ÂMES, NOUS N'AURONS PLUS AUCUNE RAISON DE VIVRE.
JE VOUS EXHORTE À CE QU'IL N'Y AIT NI PACTE, NI REDDITION.
NOUS NOUS BATTONS SANS QUARTIER JUSQU'À QUE NOUS LES AYONS REJETÉS À LA MER.
CELA S'APPELLE LA LIBERTÉ, SETHOR.
OH, MAIS NOUS AVONS ESSAYÉ... NOUS AVONS ESSAYÉ TA LIBERTÉ, SLÁINE...

LORSQUE LES ÉTRANGERS EURENT APPROCHÉ LA NEUVIÈME VAGUE, NOUS LANÇÂMES NOS CHARIOTS CÉLESTES À L'ASSAUT DE LEUR FLOTTE DE GUERRE...
C'EST AINSI QUE NOUS DÉCOUVRÎMES QU'ILS USAIENT DE CROSSES ET DE BÂTONS SERPENTS...
MAIS LE PIRE RESTAIT À VENIR. SIRE **ODACON** FIT APPEL AU POUVOIR DE SA PYRAMIDE NOIRE...
UNE SORTE DE PIERRE DES ÉTOILES QUI PERMET AUX DÉMONS DE FRANCHIR L'ESPACE ET LE TEMPS...
ELLE ENGENDRA UN GRAND VIDE DANS LES CIEUX.

LA TOTALITÉ DE NOTRE FLOTTE FUT ASPIRÉE DANS LE TOURBILLON ET DISPARUT.
CERTAINS DISENT QU'ELLE SE TROUVE MAINTENANT SUR UNE AUTRE TERRE, PARALLÈLE À LA NÔTRE...
...CAR ON LES APERÇOIT PARFOIS, ERRANT DANS LE CIEL SOUS FORME SPECTRALE.
VOIS-TU, **SLÁINE**, NOUS AVONS ESSAYÉ. MAIS CETTE FOIS, NOUS DEVONS NOUS MONTRER RÉALISTES ET NÉGOCIER.
LE PEUPLE SERPENT NE PEUT ÊTRE VAINCU.
OH, MAIS SI.
ET J'EN AI LA PREUVE.
L'OEIL DE **MOLOCH** !
TU AS TUÉ **MOLOCH** ?
UN SEIGNEUR OPHIDIEN ! UN BLANC ALBINOS !
L'ÉLITE DES FOMORS ! C'EST UN VÉRITABLE EXPLOIT !
TU NOUS RENDS COURAGE, **SLÁINE** !
SI **MOLOCH** PEUT ÊTRE DÉTRUIT, ALORS **ODACON** AUSSI !
NOUS AVONS TOUJOURS PU COMPTER SUR TOI !
JE SUIS AVEC TOI, **SLÁINE** !
MOI AUSSI !
IL FAUT COMBATTRE LES ENVAHISSEURS !
ALORS NOUS SOMMES D'ACCORD ?
C'EST LA **GUERRE**.

SLIEVE MISH, PRÈS DE TRALEE, IRLANDE
NOUS ATTAQUONS DEMAIN, UNE HEURE APRÈS L'AUBE.
MES TROUPES SONT PRÊTES ET NOUS COMBATTRONS SANS PEUR.
POURTANT J'AI MES CRAINTES... PARCE QUE MÊME SI NOUS L'EMPORTONS, CES INVASIONS NE CESSERONT JAMAIS.
PARCE QUE LES SERPENTS SONT CONVAINCUS QUE LA MER LEUR APPARTIENT.
OUI, ILS MAINTIENNENT UNE GUERRE CONSTANTE, AFIN DE SE NOURRIR DE NOTRE SANG, DE NOTRE DOULEUR ET DE NOTRE PEUR.
JE DOIS TROUVER UN MOYEN DE PROTÉGER MON PEUPLE...
...DÉFINITIVEMENT.

AINSI LA BATAILLE DÉBUTE DEMAIN, **AMORGEN.**
NOUS SAURONS ALORS QUI DE NOUS OU DES TRIBUS DE **SLÁINE** A LA FAVEUR DE LA DÉESSE.
PEUT-ÊTRE QUE SIRE **ODACON** LIBÉRERA MON ÉPOUX DE SA CHARGE DE GOLAMH.
LES VOICI, MA DAME.
GAËL ! JE PENSAIS QUE TU SERAIS SUR UNE ARCHE, CE SOIR.
SIRE **ODACON** EST GÉNÉREUX. IL NOUS FAIT L'EXCEPTIONNELLE FAVEUR DE NOUS LAISSER PASSER LA NUIT ENSEMBLE.
IL RESPECTERA NOTRE INTIMITÉ.
TU VOIS ? IL DORT DÉJÀ.
ALORS NOUS POUVONS...

OH, GAËL !
CELA FAIT SI LONGTEMPS !
COMME AU BON VIEUX TEMPS, HEIN, PRINCESSE ?
MMM...
MAIS IL S'EST PASSÉ TANT DE CHOSES DEPUIS LORS, MON PAUVRE GAËL...
ÊTRE UN GOLAMH N'A PAS QUE DES MAUVAIS CÔTÉS.
DÉJÀ, C'EST INCROYABLE QUE DE RESPIRER SOUS L'EAU.
D'UN COUP DE QUEUE, IL NOUS FAIT VOLER À TRAVERS LES VAGUES, COMME UN DAUPHIN !
OU UN REQUIN ?
CCCHH !
DANS LES PROFONDEURS DE L'OCÉAN, NOUS AVONS VISITÉ DE FABULEUSES CITÉS PERDUES BÂTIES PAR DES RACES ÉTEINTES...
...DES CRÉATURES QUI VIVAIENT SOUS LA MER DES MILLIONS D'ANNÉES AVANT MÊME L'APPARITION DES HUMAINS.
MAINTENANT JE COMPRENDS POURQUOI LES FOMORS APPELLENT LE MONDE « LA MER ».

J'AI VU DES HUMAINS QUI AVAIENT ÉTÉ ALTÉRÉS ET ÉTAIENT MIEUX ADAPTÉS À LA MER QUE MOI.
ET LES PALAIS SOUS-MARINS DANS LESQUELS VIVENT LES RACES OPHIDIENNES, DANS UNE DENSITÉ AUTRE QUE LA NÔTRE.
J'AI VU DES MERVEILLES, PRINCESSE...
MAIS AUCUNE N'ÉTAIT AUSSI BELLE QUE TOI.
AIME-MOI, GAËL...
ENCORE UNE FOIS...
NIAMH...
UN INSTANT, J'AI CRU QUE TU ÉTAIS LÀ, À CÔTÉ DE MOI...

SLÁINE... ?
TON CHARIOT ATTEND...
C'EST L'AUBE.
AH... TU ES ÉVEILLÉ.

OUI, FERGUS.
JE SUIS ÉVEILLÉ.
RENVOYEZ-LES DERRIÈRE LA NEUVIÈME VAGUE.
LIBERTÉ !
ET VENGEANCE !

VENGEANCE POUR NIAMH !

IBAR !
VOLE !
FRAIE-TOI UN CHEMIN À TRAVERS LES PLAIES DE L'ENNEMI !
NE REVIENS PAS EN MA MAIN TANT QU'IL EN RESTE UN DE VIVANT !

NON ! LA DÉESSE RECONNAÎT NOTRE DROIT ANCESTRAL À LA TERRE SAINTE !
POUR LA DÉESSE !
POUR LA DÉESSE !

FRAPPEZ AVEC ÂPRETÉ !
POUR LA DÉESSE !
POUR LA DÉESSE !
MONTRE À CES BÊTES LES AVANTAGES DE NOTRE CIVILISATION AVANCÉE, GAËL !
OUI, SIRE ODACON.

L'ÉPÉE DE NIAMH ! ELLE AVAIT ÉTÉ ENTERRÉE AVEC ELLE !
TU AS PROFANÉ SA TOMBE, SETHOR !
PRÉFÈRES-TU VÉNÉRER LES MORTS...
...OU SAUVER LES VIVANTS ?
L'ÉPÉE LUNAIRE TRANCHE MÊME LES ARMURES ATLANTES !
VOICI LE PEAU SÈCHE QUE L'ON APPELLE SLÁINE.
VENEZ, MES FRÈRES. OCCUPONS-NOUS DE LUI.
IL NE SERA PAS DE TAILLE CONTRE NOUS TROIS ET LE GRAND GOLAMH.
MAIS SI NOUS ÉCHOUONS, VOUS CONNAISSEZ LES ORDRES DE SIRE ODACON...
VOUS SAVEZ CE QUE NOUS DEVONS FAIRE.

LES GOLAMHS !
À SUIVRE